Das magische Baumhaus junior

Mary Pope Osborne

Geheimauftrag im Spukschloss

Bisher erschienen:

Band 1: Abenteuer bei den Dinosauriern
Band 2: Auf der Spur der Ritter
Band 3: Die rätselhafte Mumie
Band 4: Suche nach dem Piratenschatz
Band 5: Das Geheimnis der Ninjas
Band 6: Verborgen im Dschungel
Band 7: Gefahr für das Mammut
Band 8: Die verlassene Mondstation
Band 9: Das Geheimnis der Delfine
Band 10: Ritt durch den Wilden Westen
Band 11: Im Reich der Löwen
Band 12: Rettung für die kleinen Eisbären
Band 13: Der große Vulkanausbruch
Band 14: Gefahr im Drachenreich
Band 15: Abenteuer bei den Wikingern
Band 16: Auf dem Pfad der Indianer
Band 17: Auf der Spur des Tigers
Band 18: Kleines Känguru in Gefahr
Band 19: Das Geheimnis von Olympia
Band 20: SOS auf der Titanic
Band 21: Rettung vor dem Wirbelsturm
Band 22: Flucht vor dem Erdbeben
Band 23: Lampenfieber vor dem großen Auftritt
Band 24: Gorilla-Baby in Not
Band 25: Bedrohung im Paradies
Band 26: König Artus und die Mission der Ritter
Band 27: Geheimauftrag im Spukschloss

Mary Pope Osborne

Das magische Baumhaus junior

Geheimauftrag im Spukschloss

Aus dem Amerikanischen
übersetzt von Petra Wiese
Illustriert von Jutta Knipping

Band 27

Loewe

Für Will, den wirklichen Zauberer im Herzen der Eiche.

FSC
www.fsc.org
MIX
Papier aus verantwortungsvollen Quellen
FSC® C018236

ISBN 978-3-7432-0960-2
Überarbeitete Neuauflage des Titels *Das verzauberte Spukschloss*
1. Auflage 2021

erschienen unter dem Originaltitel *Haunted Castle on Hallows Eve*

Erschienen in der Original-Serie *Magic Tree House*™.

Aus dem Amerikanischen übersetzt von Petra Wiese
Umschlag- und Innenillustrationen: Jutta Knipping
Umschlaggestaltung: Ramona Karl
Printed in the EU

www.dasmagischebaumhaus.de
www.loewe-verlag.de

Inhalt

Die Einladung

Anne und Philipp saßen vorne auf der Veranda und lasen.

„Krächz!“

„He, Anne, guck mal!“, rief Philipp.

Ein großer schwarzer Vogel stieß vom Himmel herab auf den Boden.

Sein Gefieder glitzerte in der Nachmittagssonne.

„Ein Rabe“, staunte Philipp.

„Ist ja toll!“, sagte Anne.

Der Vogel schlug seine großen schwarzen Flügel auf und ab. Dann erhob er sich in die Luft und nahm Kurs auf den Wald.

Anne sprang auf. „Das ist ein Zeichen! Das magische Baumhaus ist wieder zurück!“, rief sie.

Philipp und Anne rannten die Straße entlang und bogen zum Wald von Pepper Hill ab.

Als sie bei der höchsten Eiche ankamen, sahen sie die Strickleiter. Das magische Baumhaus wartete auf sie.

Als sie hinaufkletterten, fanden sie aber kein Zeichen von Morgan, der Zauberin aus dem Königreich Camelot.

„Das ist komisch“, sagte Philipp und sah sich um.

Der Wind rüttelte an den Ästen des Baumes. Ein großes Blatt flatterte durch das offene Fenster und landete vor Philipps Füßen.

„Schau dir das an!“, sagte er.

Das Blatt war mit altmodischen Buchstaben beschrieben.

Philipp las laut vor:

„M!“, sagte Anne. „Morgan unterschreibt ihre Nachrichten nie mit M.“

„Richtig ...“, sagte Philipp. „Aber ...“

„Merlin macht das!“, riefen beide gleichzeitig.

„Wetten, dass uns die Einladung dort hinbringt?“, sagte Anne. „So sind wir doch auch zur Burg von König Artus gekommen.“

„Gute Idee!“, antwortete Philipp und zeigte auf die Einladung. „Ich wünschte, wir könnten dorthin gehen, wo die Einladung auf diesem Blatt herkam“, sagte er.

Der Wind blies jetzt stärker.

Das Baumhaus fing an, sich zu drehen.

Es drehte sich schneller und immer schneller.

Dann war alles wieder still.

Totenstill.

Im Herzen der Eiche

Philipp öffnete seine Augen.

„Sieh mal, wir haben Kostüme an!“, sagte Anne erstaunt.

Philipp betrachtete die Kleider, die sie anhatten. Er trug einen Rock, der bis zu seinen Knien reichte, und eine Strumpfhose. Anne steckte in einem langen Kleid mit einer Schürze.

Zusammen sahen sie aus dem Fenster.

Sie befanden sich hoch oben in einer Eiche, die in einem dichten Wald stand.

„Wir sollen Merlin im Herzen einer Eiche treffen“, sagte Anne. „Lass uns runtersteigen und herausfinden, was das bedeutet.“

Sie kletterten hinunter und umrundeten den Eichenstamm.

„Moment mal“, sagte Philipp. „Was ist das?“

Er deutete auf eine lange, schmale Spalte in der Rinde des Stammes.

„Das ist eine Geheimtür!“, rief Philipp aufgeregt.

Er drückte und eine schmale Tür schwenkte nach innen in den Baum. Licht strömte heraus.

Anne und Philipp schlüpften durch den Eingang in den Hohlraum des Baumes.

„Willkommen“, wisperte eine tiefe Stimme.

Ein alter Mann mit langem Bart lächelte sie an.

„Hallo, Merlin“, sagte Anne erfreut.

„Hallo, Anne und Philipp. Schön, euch wiederzusehen“, sagte der Zauberer. „Morgan und ich glauben, dass ihr uns heute noch einmal helfen könntet.“

„Klar, gerne“, antwortete Anne.

„Sehr gut! Die Zukunft des Königreichs Camelot hängt von eurem Erfolg ab“, sagte Merlin.

Er erhob sich von seinem Stuhl. „Kommt“, sagte er und führte sie in einen Raum voller altertümlich aussehender Bücher. Auf dem Fußboden saß ein Junge. Er las im Licht einer Laterne.

„Euer Helfer und Führer“, sagte Merlin zu Anne und Philipp.

Der Junge schaute hoch. Ein breites Grinsen überzog sein Gesicht.

„Teddy!“, rief Anne laut.

Philipp konnte es nicht glauben. Ihr Helfer war der junge Zauberer, der bei Morgan in die Lehre ging!

„Eure Freundschaft kann euch auf dieser Mission sehr nützlich sein“, sagte Merlin.

„Was ist das für eine Mission?“, wollte Anne wissen.

„Jenseits der Wälder liegt die Burg eines Herzogs. Eure Mission ist es, dort alles wieder in Ordnung zu bringen“, sagte Merlin.

„Wir nehmen den Auftrag gerne an“, sagte Teddy. „Die Mission wird erfüllt!“

Merlin wandte sich an Philipp und Anne. „Hier ist eine Warnung für euch“, sagte er. „Ihr seid im Begriff, einen Tunnel der Angst zu betreten. Schreitet mutig voran und ihr werdet bald wieder zum Licht finden.“

Merlin reichte Teddy die Laterne. „Die Burg des Herzogs liegt im Osten. Beeilt euch!“

Teddy nickte Merlin zu. Dann drehte er sich zu Anne und Philipp um. „Auf zur Burg!“, rief er.

Rok

Draußen war es kühler geworden.

Teddy führte Anne und Philipp aus dem Wald hinaus und in ein Dorf. In den Eingangstüren standen Kinder und spähten zu ihnen hinüber.

„Seid gegrüßt“, sagte Teddy. „Wisst ihr, wie man zur Burg des Herzogs kommt?“

„Sie ist hinter dem Wald,“ sagte ein Mädchen. „Ihr solltet aber nicht dorthin gehen! Die alte Meggie sagt, dass es überall auf der Burg spukt.“

„Gespenster“, sagte Philipp und bekam einen trockenen Mund.

Aber Teddy lachte nur. „Gespenster machen mir keine Angst!“, sagte er.

Plötzlich flog ein großer schwarzer Vogel tief am Abendhimmel entlang. Die Dorfkinder kreischten.

Eine Frau bewarf den Vogel mit kleinen Steinen. „Lasst uns in Ruhe!“, rief sie.

„Aufhören!“, rief Anne.

Ein Stein traf einen der Raben. Er stürzte zur Erde.

„O nein!“, schrie Anne.

Die Erwachsenen drängten ihre Kinder in die Hütten.

Anne lief zu dem Vogel und kniete sich neben ihn. Eine seiner Schwanzfedern war verbogen.

„Es tut mir leid, was sie dir angetan haben“, sagte Anne sanft zu dem Raben. Sie streichelte seinen Kopf.

„Wie heißt du denn?“

„Rok“, krächzte der Rabe.

„Rok, aus irgendeinem Grund haben sie Angst vor dir“, sagte Anne.

Sie untersuchte ihn sanft. „Eine deiner Schwanzfedern ist verbogen. Aber deine Flügel scheinen nicht verletzt zu sein.“

Der Rabe schlug vorsichtig mit den Flügeln. *„Kork!“*, krächzte er. Dann hob er langsam vom Boden ab.

„Ja! Sehr gut!“, feuerte ihn Anne an.

Alle winkten, als der Rabe schließlich davonsegelte.

„Ich frage mich, warum die Leute hier so viel Angst vor Raben haben?“, meinte Anne.

„Ja“, sagte Philipp, „und was bedeuten die Gespenstergeschichten?“

Teddy lächelte. „Solange ihr bei mir seid, braucht ihr euch vor Gespenstern nicht zu fürchten.“

„Nicht zu fürchten?“, sagte ein schwaches Stimmchen.

Philipp, Anne und Teddy wirbelten herum.

In einem dunklen Hütteneingang stand eine alte Frau. Mit gebrochener Stimme sagte sie:

„Wo ist das Mädchen,
das die Wolle zu Fäden spinnt?
Wo sind die Jungen,
die Schach spielen
vor dem Schlafengehen?
Wo ist der Hund,
der auf sein Futter sinnt?“

Dann trat sie in ihre Hütte zurück und schloss die Tür.

„Sehr eigenartig“, sagte Philipp.

„Das muss die alte Meggie gewesen sein“, sagte Anne. „Was sie damit wohl meinte?“

„Keine Ahnung“, sagte Teddy. Er grinste. „Aber sie konnte ganz gut reimen, was?“

Philipp nickte.

Die drei ließen die Hütten hinter sich und folgten dem Pfad durch einen Wald.

Teddy hielt seine Laterne hoch, um ihnen den Weg zu leuchten.

Als sie endlich aus dem Wald herauskamen, stockte ihnen der Atem.

Die Steinmauern einer gewaltigen Burg türmten sich im Mondlicht vor ihnen auf.

Auf der Burg

Die Burg lag ruhig und friedlich vor ihnen.

„Hallo!“, rief Teddy.

Niemand antwortete.

„Die Burg ist ja nicht gerade gut beschützt, was?“, meinte Teddy. „Unsere Mission dürfte einfach werden.“

„Ja“, stimmte Anne zu.

Sie liefen über die Holzbrücke zur Torhalle.

Teddy hielt seine Laterne vor das zweitürige Tor. Spinnennetze glänzten im trüben Lichtschein.

„Hallo! Dürfen wir reinkommen?“, rief er.

Stille. Sie starrten auf das schwere Holztor.

Dann drückte Anne gegen eine Tür. Philipp drückte gegen die andere.

Langsam und knarrend öffnete sich das große Tor.

Die Torhalle der Burg war kalt und leer. Die schweren Türen fielen mit einem dumpfen Schlag hinter ihnen zu.

Philipp fröstelte, und er konnte nicht sagen, ob vor Kälte oder vor Angst.

Teddy führte sie auf den Burghof und weiter ins Hauptgebäude.

Nirgendwo gab es irgendwelche Lebenszeichen.

„Was sollen wir hier nur in Ordnung bringen?“, fragte Anne.

Philipp zuckte mit den Schultern. „Sehen wir uns weiter um, bis wir etwas finden.“

Im dritten Stockwerk spähten sie durch einen gewölbten Eingang in einen riesengroßen Raum.

„Das ist der Festsaal“, sagte er.

Während die drei langsam vorwärtsgingen, hielt Philipp Ausschau nach Gespenstern.

Plötzlich kreischte Anne.

Philipp drehte sich blitzschnell um.

„Seht mal!“, schrie Anne mit weit aufgerissenen Augen. Sie zeigte auf den Kamin am Ende des Festsaals.

Vor dem Kamin schwebte ein großer weißer Knochen in der Luft. Dann kam er geradewegs auf sie zu.

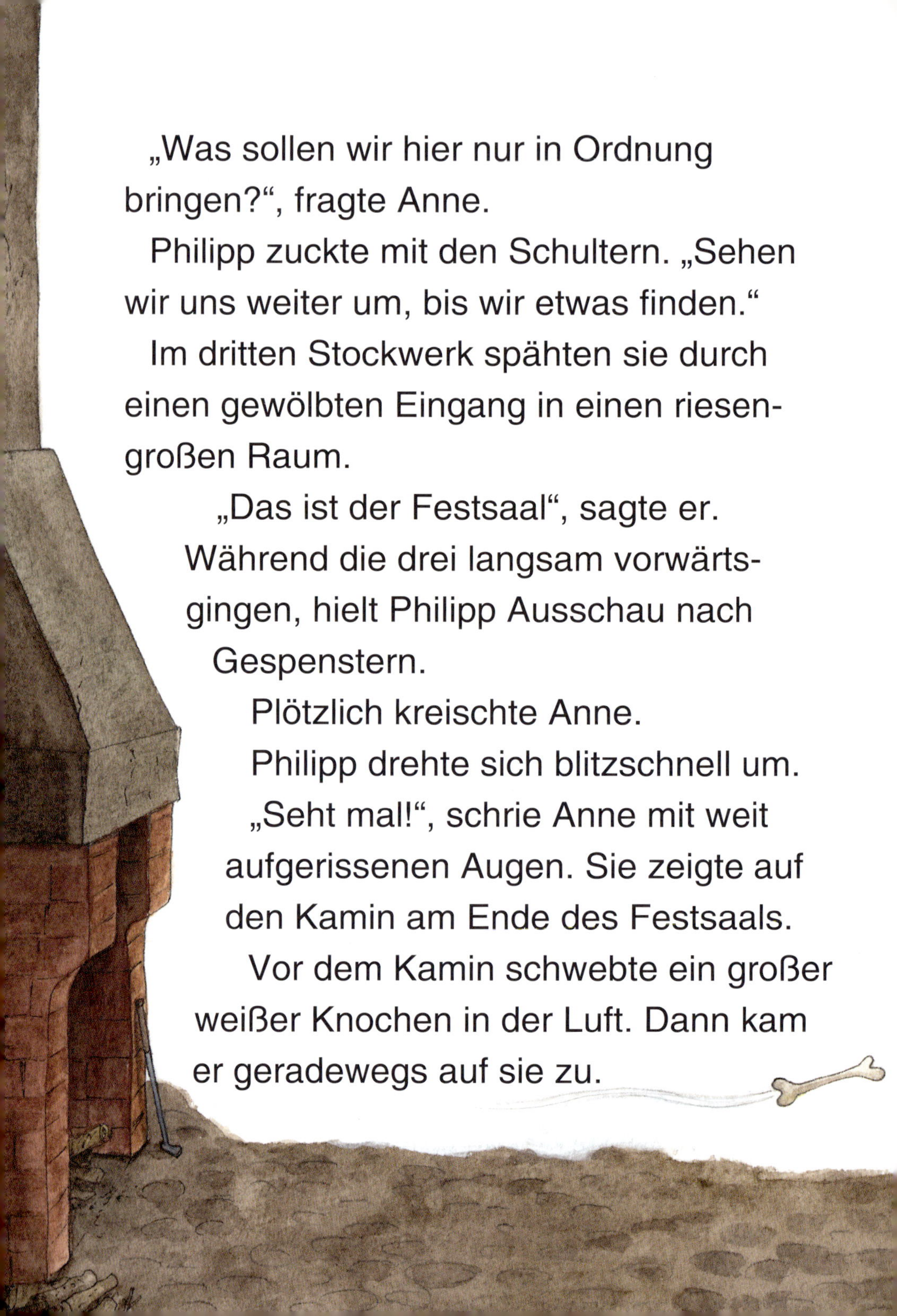

Gespenster

„Aaahhh!“, brüllte Teddy.

„Aaahhh!“, brüllte Philipp.

„Aaahhh!“, brüllte Anne.

Schreiend rannten alle zusammen zur Tür. Der Knochen kam hinterher.

Sie rannten die Wendeltreppe hinauf und in das nächstbeste Zimmer. Teddy schlug die Tür hinter ihnen zu.

„In Sicherheit“, sagte er, nach Luft schnappend.

„Wartet mal!“, sagte Anne. „Ich höre ein Geräusch!“

Teddy und Philipp lauschten.

Beide hörten ein schwaches Klicken, aber sie konnten nichts sehen.

Teddy zündete mit der Flamme seiner Laterne die Fackel neben der Tür an.

Das Fackellicht erleuchtete ein Kinderzimmer. Hölzernes Spielzeug lag auf dem Boden verstreut.

Das klickende Geräusch kam aus einer dunklen Ecke.

„Was ist das?“, flüsterte Anne. Sie ging in die Richtung, aus der das Geräusch kam.

Philipp und Teddy folgten ihr. In der Ecke standen ein Spinnrad und ein Korb voll Wolle.

Das Spinnrad drehte sich, obwohl es niemand berührte.

„Seht mal!“, flüsterte Anne.

Sie zeigte auf einen Tisch neben dem Spinnrad. Dort stand ein Schachbrett mit hölzernen Figuren.

Während die drei auf das Brett guckten, rutschte ein Pferd langsam von einem Feld zum nächsten!

„Gespenster!“, rief Teddy.

Philipps Herz pochte wie wild.

„Moment mal!“, sagte Anne. „Ich hab’s!“ Sie grinste Philipp und Teddy an.

„Hat sie jetzt ihren Verstand verloren?“, fragte sich Philipp.

„Erinnert ihr euch daran, was die alte Meggie gesagt hat?“, fragte Anne. Sie wiederholte den Reim:

„Wo ist das Mädchen,
das die Wolle zu Fäden spinnt?“

Anne deutete auf das Spinnrad in der Ecke. „Dort ist es!“, sagte sie. „Es spinnt gerade mit dem Spinnrad.“

Anne fuhr mit den nächsten Zeilen fort:

„Wo sind die Jungen,
die Schach spielen
vor dem Schlafengehen?“

Anne zeigte auf das Schachbrett. „Dort sind sie!“, sagte sie. „Sie spielen gerade!“

Sie sprach weiter:

„Wo ist der Hund,
der auf sein Futter sinnt?“

Anne stieß die Tür des Kinderzimmers auf. Philipp und Teddy sprangen beide vor Schreck zurück.

„Habt keine Angst!“, sagte Anne. „Es ist nur ein Hund! Er trägt einen Knochen in seinem Maul. Das Mädchen, die Jungen, der Hund – sie sind alle hier! Sie sind nur unsichtbar!“

Merlins Diamant

Philipp und Teddy waren sprachlos. Sie starrten Anne an, die auf dem Boden kniete und mit dem unsichtbaren Hund sprach.

„Hallo, du“, sagte sie mit sanfter Stimme.

Der Knochen sank zu Boden und machte eine Umdrehung.

„Wir müssen ihm helfen“, sagte Anne. Sie stand auf. „Wir müssen *allen* helfen – auch dem Mädchen und den Jungen.“

Sie eilte durch das Zimmer zum Spinnrad. Philipp und Teddy folgten ihr.

„Wir können euch nicht sehen“, sagte Anne. „Aber wir wollen euch helfen. Könnt ihr mich hören? Was ist mit euch und allen anderen in der Burg geschehen?“

Philipp spürte einen kalten Luftzug im Nacken.

„Ich glaube, sie bewegt sich zum Spiegel!“, sagte Anne.

Ein unsichtbarer Finger kritzelte etwas in den Staub. Allmählich formten sich vier Wörter:

Der Schicksalsdiamant wurde gestohlen.

„Das ist ja kaum zu glauben!“, rief Teddy. „Das hier muss die geheime Burg sein, die den Diamanten des Schicksals bewacht!“

„Was ist *das* denn?“, fragte Philipp.

„Ein magischer Diamant“, sagte Teddy. „Merlin gab ihn einer adeligen Familie aus Camelot. Solange die Familie den Edelstein sicher aufbewahrte, würde das Glück auf ihrer Seite sein. Andernfalls würden sie ihr Leben aushauchen.“

„Also kam der Familie der Stein abhanden!“, sagte Anne. „Und nun haben sich alle in Gespenster verwandelt.“

„Genau!“, sagte Teddy.

„Ich frage mich, wo der Diamant aufbewahrt wurde“, sagte Philipp.

„He, schaut mal her!“, rief Anne.

Ein schwerer Wandteppich wurde zur Seite gezogen und gab den Blick frei auf eine kleine Tür in der Steinmauer. Die Tür öffnete sich langsam.

„Das Mädchen zeigt uns das Geheimversteck des Diamanten!“, sagte Anne.

Alle drei eilten zur Steinmauer und blickten in einen kleinen Wandschrank.

Er war leer.

Anne schaute umher. „Wer hat den Diamanten des Schicksals gestohlen?“, fragte sie.

Wieder erschienen Buchstaben auf dem Spiegel:

Der Raben…

„O nein!“, wisperte Teddy. „Bitte nicht!“

Philipp bekam wieder Angst.

Der Finger schrieb noch ein Wort in den Staub: *…könig*

„Genau wie ich befürchtet habe“, sagte Teddy und senkte seine Stimme. „Der Rabenkönig!“

Eins, zwei, drei!

„Wer ist der Rabenkönig?“, fragte Philipp.

„Als kleiner Junge sehnte sich der Rabenkönig danach, ein Vogel zu sein, damit er fliegen konnte“, sagte Teddy. „Er stahl eine Zauberformel, aber er besaß nicht genügend Zauberkunst. Was dazu geführt hat, dass er zur Hälfte ein Vogel und zur Hälfte ein Mensch ist.“

„Oh Mann!“, sagte Philipp.

„Jetzt befehligt er ein riesiges Heer von Raben, die ihn als ihren König ansehen“, sagte Teddy.

„Warum sollte er den Schicksalsdiamanten stehlen?“, fragte Anne.

„Ich weiß es nicht“, gab Teddy zurück. „Aber wir müssen ihn unbedingt wiederbekommen!“

„Wie denn?“, fragte Philipp. „Wir wissen doch noch nicht mal, wo dieser Rabenmensch ist?“

Vier weitere Wörter erschienen im Staub des Spiegels:

Nest auf der Bergspitze

Der Vorhang, der das Fenster bedeckte, wurde zur Seite gezogen.

Philipp, Anne und Teddy gingen zum Fenster und sahen hinaus. In der Ferne erhob sich ein zerklüfteter Berg.

„Wir schaffen es nie, bis zur Spitze des Berges zu kommen“, sagte Philipp.

Da zog Teddy einen Zweig aus der Hosentasche.

„Was ist das?“, fragte Philipp.

„Das ist ein verzauberter Zweig von einem Haselnussbaum“, sagte Teddy. „Damit kann ich mich in alles verwandeln, was ich sein möchte!“

„In was willst du dich verwandeln?“, fragte Anne ihn.

„In einen Raben natürlich“, sagte Teddy.

„Teddy ist verrückt“, dachte Philipp.

Aber Anne sagte: „Was für eine tolle Idee!“

„Ich werde zum Bergnest fliegen“, erklärte Teddy. „Den Diamanten finden und zurückbringen! Ihr wartet hier auf mich.“ Er kletterte auf das Fensterbrett.

„Viel Glück!“, sagte Anne.

„Danke“, sagte Teddy. Er hob den Haselnusszweig hoch.

„Warte!“, sagte Philipp.

Aber Teddy begann bereits zu reimen:

„O Haselnusszweig,
der Waldelfe Zauberei,
mach mich zum Raben … Schnell!“, sagte er. „Was für ein Wort reimt sich denn auf Zauberei?“

„Eins, zwei, drei!“, rief Anne.

„Hervorragend!“, sagte Teddy. Er fing wieder von vorne an:

„O Haselnusszweig,
der Waldelfe Zauberei,
mach mich zum Raben,
eins, zwei, drei!“

Plötzlich hörte Philipp ein lautes Brausen und fühlte einen Hitzestrahl.

Er blickte umher.

Ein großer Rabe kauerte auf dem Fenstersims. Das Mondlicht schien auf seine blauschwarzen Flügel.

Ein zweiter Rabe stand unter dem Fenster. Er sah aus wie der andere, nur etwas kleiner.

„Wo ist Anne?“, fragte sich Philipp verwirrt. Er wollte sie rufen. Aber aus seiner Kehle kam nur ein furchtbares Krächzen: *„Ark-ne!“*

Philipp blickte an seinem Körper hinunter. Seine Arme hatten sich in pechschwarze Flügel verwandelt.

Teddy hatte sie versehentlich alle in Raben verwandelt. Eins, zwei, drei!

Das Nest des Rabenkönigs

„Kräh-Phril! Kräh-Ark-ne!“, krächzte Teddy.

Teddy sprach zwar Rabensprache, aber Philipp verstand ihn sofort. Teddy hatte gesagt: „Entschuldigung, Philipp und Anne!“

Anne flatterte zur Fensterbank und ließ sich neben Teddy nieder.

„Kroh-Phril“, krächzte Anne. *„Kah-Krie!“*

„Komm schon, Philipp, lass uns losfliegen.“

Anne und Teddy hoben vom Fensterbrett ab und verschwanden in den mondhellen Nebelschwaden.

„Das kann doch nicht wahr sein“, dachte Philipp.

Erst streckte er seinen rechten und dann seinen linken Flügel aus. Mit beiden schlug er auf und ab. Bevor er richtig wusste, was mit ihm geschah, hob er unbeholfen vom Boden ab und landete auf dem Fensterbrett.

„Ark-ne-kow!“, krächzte Philipp. „Anne, komm zurück!“

„Krie! Krie-Krow!“, gab Anne zurück. „Flieg, flieg doch!“

„Oje!“ Die Furcht hatte sich in Philipps kleinem Rabenherz eingenistet.

Merlins Worte echoten in seinem Kopf: „Schreitet mutig voran und ihr werdet bald wieder zum Licht finden!“

Philipp schloss seine Augen und sprang vom Fenstersims. Flatternd und gleitend flog er immer höher in den Himmel.

Schließlich hatte er Anne und Teddy eingeholt.

Als die drei auf den Berggipfel zusegelten, stieß Teddy leises Gekrächze hervor: „Rabenheere!“

Philipp spähte durch die Nacht. Im hellen Mondlicht erblickte er Hunderte von Raben.

Sie stiegen immer höher bis zum zerklüfteten Gipfel. Als sie seine Spitze erreichten, stieß Teddy einen kreischenden Laut aus. „Da!“, krächzte er. „Das Nest des Rabenkönigs!“

Ein Stück von einem Stern

Gemeinsam landeten sie auf einer Felskante. Sie starrten hinab auf das Lager des Rabenkönigs.

Das riesige Königsnest war unter einem Felsvorsprung versteckt. Zwei Rabenposten standen vor dem Eingang Wache.

„Ich werde die Wachen ablenken. Anne, du gibst acht auf den Eingang. Philipp, du gehst in das Nest und holst den Diamanten. Dann kehrt ihr beide zur Burg zurück und wartet dort auf mich“, sagte Teddy.

Philipp hatte noch viele Fragen, aber bevor er sie stellen konnte, hob Teddy von seinem Platz ab und flog zum Eingang.

Anne flog ihm hinterher.

Philipp geriet in Panik. Er plusterte seine Federn auf.

„Wartet, Leute!“

Aber Teddy flog bereits im Sturzflug auf die Rabenposten zu!

„Ark-ark-ark!“

Die beiden Wachen verließen ihren Posten und flogen mit schrillen Schreien auf Teddy zu. Sie jagten ihn bis hoch in den Himmel.

„Los, Philipp!“, krächzte Anne.

Philipp sprang von der Felskante und flog auf das riesige Nest zu. Ohne nachzudenken, trippelte er durch den Eingang.

Keine Spur vom Rabenkönig. Er schaute sich um. An einer Stelle sah die Nestwand anders aus. Er berührte sie mit dem Schnabel. Es war ein Federvorhang!

Philipp zwängte sich hindurch. Der Mond schien in das angrenzende Zimmer. In seinem kühlen Licht glitzerten haufenweise Gold- und Silbermünzen.

Inmitten all dieser Schätze befand sich ein blauweißer, strahlender Kristall. Er sah aus wie ein Stück eines Sterns. Philipp wusste sofort, dass dies der Diamant des Schicksals war.

„Phril-Phril", rief Anne von draußen nach ihm. „*Krie-ko!* Sie kommen!"

Vorsichtig pickte Philipp den Diamanten mit seinem Schnabel auf. Er spürte, wie ihn ein Gefühl von Tapferkeit und Stärke durchströmte. Nun hatte er keine Angst mehr. Gelassen spazierte er in die Nacht zurück.

Andere Posten waren in Alarm versetzt worden. Unter wütendem Gekreische flogen sie auf die Bergspitze zu.

„Krak-Krak-Krak!“

Philipp sah Anne auf dem Felsrand hocken. „Beeil dich!“, krächzte sie.

Anne flog den Berg hinunter. Philipp hielt den Diamanten fest im Schnabel und stieg in die Lüfte auf.

„Krie-Krie!“, krächzte Anne. „Flieg! Flieg!“

Philipp und sie glitten hinunter zur Burg des Herzogs, aber keiner der Raben jagte hinter ihnen her.

„Ohne ihren Rabenkönig wissen sie nicht, was sie tun sollen“, dachte Philipp. Er fragte sich, wo ihr König geblieben war.

Die Burg des Herzogs kam in Sichtweite. Sie landeten auf dem Fensterbrett des Kinderzimmers. Der Diamant des Schicksals war in Sicherheit!

Wo ist er?

Philipp und Anne hockten auf der Fensterbank und spähten ins Kinderzimmer.

„Teddy ist noch nicht hier“, krächzte Anne. „Wir bringen den Diamanten besser an seinen Platz zurück!“

Sie flatterte zum Wandteppich und versuchte, ihn mit dem Schnabel beiseitezuziehen. Aber er war zu schwer.

„Wir müssen wohl warten, bis Teddy da ist, um uns zurückzuverwandeln,“ krächzte sie.

Anne flatterte auf das Fensterbrett und landete neben Philipp.

„He“, krächzte sie. „Vielleicht können wir Teddys Haselnusszweig benutzen. Ich kann sowieso besser reimen als er!“

Philipp schüttelte warnend den Kopf. Aber Anne bemerkte es nicht. Sie hüpfte hinunter und pickte den Zweig vom Boden auf.

Dann hockte sie sich neben Philipp. Sie bewegte ihren Kopf hin und her und strich mit dem Zweig über Philipps gefiederten Körper.

Immer noch den Zweig im Schnabel, stimmte sie einen tiefen und krächzenden Ton an:

„Har-har-Rie-rie!
Phril-Kril-Ark-ne!“

Das hieß:

„O Haselnusszweig vom Haselnussstrauch, verwandle Philipp in sich und auch mich wieder in mich!“

Es brauste und blitzte!

Philipp hörte Anne kichern. „Juchhhuhhh! Ich hab's geschafft, dass der Zauber wirkt. Schau doch!“

Philipp sah auf seine Arme, Beine und Füße hinunter.

„Cool“, keuchte er.

Philipp war sehr froh, wieder seinen eigenen Körper zu haben.

„Teddy wird sich wundern“, sagte Anne. „Er tut so, als sei er das einzige Kind, das zaubern kann.“

Sie sah sich im Kinderzimmer um. „Hallo! Wir sind wieder da!“, rief sie den unsichtbaren Kindern zu. „Wir haben den Diamanten gefunden!“

„Der Diamant! Wo ist er?“, fragte Philipp. „Ich muss ihn fallen gelassen haben, als du mich verwandelt hast.“

Plötzlich hörten sie es am Fenster rauschen und flattern.

„Teddy!“, rief Anne. Sie und Philipp drehten sich rasch um. Aber es war nicht Teddy.

Ein seltsames Geschöpf hockte stattdessen auf dem Fensterbrett. Zum Teil ein Mensch und zum Teil ein Rabe. Es hatte seidige Federn als Haar, einen Schnabel als Nase sowie Krallen und trug einen bauschigen Federumhang.

„Guten Abend“, sagte der Rabenkönig.

Gefangen

Philipp und Anne waren so erschrocken, dass sie kein einziges Wort über ihre Lippen brachten.

Der Rabenkönig sprang vom Fenster auf den Fußboden. Seine Rabenleibwächter rauschten ins Zimmer hinein.

„Wo sind die zwei Raben, die meinen Diamanten gestohlen haben?“, fragte der Rabenkönig mit rauer Stimme.

„Welche ... welche Raben?“, fragte Philipp mit zittriger Stimme. Verzweifelt wünschte er, dass er den Diamanten des Schicksals noch hätte, damit der ihm Mut gäbe.

„Die Raben, die zu dieser Burg geflogen sind, nachdem sie meine Schatzkammer überfallen haben“, sagte der Rabenkönig. „Wo verstecken sie sich?“

Philipp versuchte sich vorzustellen, dass er den Diamanten noch immer bei sich trug. „Von denen wissen wir gar nichts“, sagte er mit leiser, fester Stimme.

„Seid ihr wirklich sicher?“, fragte der Rabenkönig. „Sie sahen diesem Kleinen hier sehr ähnlich.“

Er warf seinen Umhang über die Schulter zurück und hielt ihnen einen eisernen Vogelkäfig mit einem Raben darin entgegen.

„Phril, Ark-ne!“, krächzte der Rabe.

„Teddy!“, schrie Anne laut.

„Sie lassen ihn besser frei!“, rief Philipp.

Der Rabenkönig gab bloß ein raues Lachen von sich.

Währenddessen entdeckte Philipp den Haselnusszweig auf dem Boden unter dem Fenster. Er ging vorsichtig einen Schritt darauf zu.

Der Rabenkönig sah ihn, sein Lachen hörte abrupt auf. *„Krie-Kor!“*, krächzte er einem seiner Leibwächter zu.

Philipp sauste zum Zweig. Aber bevor er ihn an sich reißen konnte, hatte der Rabe ihn mit seinem Schnabel geschnappt.

Als der Vogel ihn zum Fenster trug, sah Philipp, dass eine seiner Schwanzfedern verbogen war.

„Philipp, sieh mal! Das ist Rok!“, sagte Anne.

Oben vom Fenster sah der Rabe hinunter.

„Rok, ich bin’s, Anne“, sagte sie. „Ich habe dir geholfen, als die Leute im Dorf Steine nach dir geworfen haben. Erinnerst du dich?“

„Bring mir den Zweig, Vogel!“, krächzte der Rabenkönig.

Rok starrte auf Anne hinunter.

„Gib Philipp den Zweig, Rok“, sagte Anne. „Dann kann er Teddy wieder in einen Jungen verwandeln.“

„Bring mir den Zauberstab, Vogel! Sofort!“, sagte der Rabenkönig.

„Tu es nicht, Rok!“, sagte Anne.

Mit seinen dunkelbraunen Augen starrte der Rabe Anne einen Augenblick lang an. Dann sauste er zu Philipp hinunter und ließ den Haselnusszweig neben seinen Fuß fallen.

Philipp schnappte ihn.

„Dafür wirst du büßen!“ Der König warf sich auf den Raben. Rok versuchte zu entwischen, aber der Rabenkönig packte ihn.

Philipp musste Rok retten! Er zeigte mit dem Zweig auf den Rücken des Rabenkönigs und rief:

„O Haselnusszweig vom
Haselnussbaum,
erfülle ihm seinen Kindertraum!“

Blendendes Licht blitzte auf. Dann war alles vorüber. Der Rabenkönig war verschwunden. Sein Umhang lag auf dem Boden. Rok hüpfte unverletzt umher.

Unter dem Federumhang war ein heiserer Schrei zu hören: *„Ork!“*

Anne hob den Umhang hoch und ein winziger Rabe kam zum Vorschein.

Der Vogel streckte seinen spindeldürren Hals in die Luft.

„Selber hallo!“, sagte Anne lächelnd. Sie streichelte seine Kopffedern. Dann schaute sie zu Philipp hoch. „Wie bist du auf den Reim gekommen?“

„Ich wollte den Rabenkönig nicht verletzen“, sagte Philipp. „Ich glaube, eigentlich hatte ich sogar Mitleid mit ihm.“

„Also hast du ihm seinen Wunsch erfüllt“, sagte Anne.

„Ja“, sagte Philipp. „Jetzt kann er sein ganzes Leben als Vogel verbringen.“

Rok flog auf das Fensterbrett.

„Gro-gro!“, krächzte er.

Die Rabentruppe verließ das Kinderzimmer.

Rok war der Letzte, der losflog. Er starrte Anne und Philipp lange an. Dann hob er vom Fensterbrett ab und flog ins silbrige Licht der Morgendämmerung.

Ein neuer Tag

„Krächz!“

Ein leises Krächzen kam aus dem Käfig auf dem Fußboden.

„Teddy!“, rief Anne.

„Beinahe hätten wir dich vergessen!“, sagte Philipp.

„Ich verwandle ihn zurück!“, sagte Anne.

„Okay, aber lass mich zuerst aus dem Weg gehen!“, sagte Philipp. Er reichte Anne den Haselnusszweig.

Anne trat näher an Teddys Käfig heran. Dann wedelte sie mit dem Zauberstab und sagte dabei:

„O Haselnusszweig vom
Haselnussbaum!
Mach ihn zu Teddy hier
in diesem Raum!“

Helles Licht erfüllte den Raum. Dann war Teddy wieder ein Junge.

„Super!“, rief Anne.

„Danke schön“, rief Teddy. „Ahhh! Es ist gut, wieder ein Mensch zu sein!“, sagte er. „Wo ist der Diamant?“

„Tja, ich hatte ihn im Schnabel“, sagte Philipp. „Aber ich muss ihn fallen gelassen haben.“

„Sieh mal!“, flüsterte Teddy. Er starrte in die Ecke.

Der Diamant des Schicksals erhob sich aus dem Wollkorb und schwebte neben dem Spinnrad.

„Das Gespenstermädchen muss ihn versteckt haben, als der Rabenkönig kam!“, flüsterte Anne.

Der Diamant bewegte sich langsam auf Philipp zu und hielt vor ihm an. Philipp

öffnete seine Hand und der Diamant legte sich auf seine Handfläche.

„Danke!“, sagte Philipp zum Gespenstermädchen.

Sorgfältig legte er den Diamanten an seinen Platz zurück und verschloss die Tür des Wandschranks.

Im Kinderzimmer wurde es langsam wärmer. Neben Teddy begann ein Mädchen, allmählich Gestalt anzunehmen. Sie trug ein weißes Nachthemd und war ungefähr so alt wie Teddy.

Am Schachtisch nahmen zwei Jungen ebenfalls Gestalt an. Es waren Zwillinge in Annes Alter.

Gleichzeitig erschien ein brauner Hund an der Tür.

„Olli!“, rief das Mädchen und umarmte ihn. Dann blickte sie Philipp, Anne und Teddy lächelnd an.

„Hallo“, sagte sie.

„Hallo“, antwortete Anne. „Seid ihr drei die einzigen Menschen in dieser Burg?“

„O nein, alle anderen sind auch da“, sagte das Mädchen. „Aber sie schliefen, als der Rabenkönig den Diamanten gestohlen hat. Ich wollte den Diamanten besser sehen können und legte ihn aufs Fensterbrett. Tom und Henry fingen ein Schachspiel an …“

„… und dann fing Gitta an zu spinnen“, sagte Tom.

„Genau in dem Moment kam der Rabenkönig herabgesaust und stahl den Diamanten“, sagte Gitta. „Bevor wir jemandem etwas sagen konnten, lösten wir uns schon auf.“

„Mutter! Vater!", rief Tom, als ob er sich gerade erst wieder an seine Eltern erinnerte.

Gitta nahm ihre Brüder an die Hand und alle drei gingen aus dem Kinderzimmer. An der Tür schaute sie auf Philipp, Anne und Teddy zurück.

„Danke, dass ihr uns geholfen habt", sagte sie. „Wer auch immer ihr seid."

Die Kinder des Herzogs verließen das Zimmer. Olli schnappte seinen Knochen und sprang ihnen hinterher.

Teddy zeigte zur Tür. „Gehen wir?"

Philipp und Anne nickten.

Als sie den Hof betraten, schien helles Sonnenlicht auf die Burgtürme. Glockenläuten war zu hören, Hähne krähten und Pferde wieherten.

Annes und Philipps Zauberkünste

Philipp, Anne und Teddy liefen zu Merlins Eiche zurück. Teddy drückte gegen die Eichenrinde.

Einer nach dem anderen schlüpfte in den Hohlraum des Baumstammes. Merlin lächelte sie an.

„Ihr habt also die Burg wieder in Ordnung gebracht?“, fragte er gelassen.

„Ja, Herr“, sagte Teddy.

„Deine Reimkünste müssen sich verbessert haben“, sagte Merlin zu Teddy.

Teddy grinste verlegen. „Na ja, um ehrlich zu sein, waren es Philipps und Annes zauberhafter Mut und ihre Liebenswürdigkeit, die unsere Mission gerettet haben.“

„Tatsächlich?“, sagte Merlin.

„In der Tat“, sagte Teddy.

Merlin wandte sich zu Anne und Philipp. „Ich danke euch für eure Hilfe!“, sagte er.

„Gerne“, erwiderten sie.

Gemeinsam verließen sie das Herz der Eiche wieder.

„Wir müssen wohl Auf Wiedersehen sagen“, sagte Teddy zu Anne und Philipp.

„Wann werden wir dich wiedersehen?“, fragte Anne.

„Wenn die Pflicht ruft!“, sagte Teddy. Er sah Merlin an.

Der Zauberer lächelte.

Anne und Philipp sahen nach oben auf das magische Baumhaus in den Wipfeln der Eiche. Plötzlich kam ein Windstoß auf und die Blätter raschelten.

Anne und Philipp drehten sich wieder zu Merlin und Teddy um. Aber sie waren verschwunden.

„Auf, nach Hause!“, sagte Philipp.

Gemeinsam kletterten sie die Strickleiter hoch. Anne nahm das Blatt mit der Einladung von Merlin und zeigte auf das Wort „Pepper Hill“.

„Ich wünschte, wir wären dort“, sagte sie.

Der Wind blies immer stärker.

Das Baumhaus fing an, sich zu drehen.

Es drehte sich schneller und immer schneller!

Dann war alles wieder still.

Totenstill.

Philipp öffnete seine Augen. Anne und er saßen einen Moment lang schweigend auf dem Boden des Baumhauses. Philipp sah aus dem Fenster. Ganz hoch oben flog ein Vogel vorbei.

Philipp konnte kaum glauben, dass er vor Kurzem selbst ein Vogel gewesen war.

„Wollen wir nach Hause gehen?“, fragte Anne ihn.

Philipp nickte.

Anne legte Merlins Blatt sorgfältig in eine Ecke des Baumhauses.

Zusammen kletterten sie und Philipp die Leiter hinunter und machten sich auf den Weg durch den dunklen Wald.

Schnell schlüpften die beiden in ihr warmes, gemütliches Zuhause.

Mary Pope Osborne lernte schon als Kind viele Länder kennen. Mit ihrer Familie lebte sie in Österreich, Oklahoma, Florida und anderswo in Amerika. Nach ihrem Studium zog es sie wieder in die Ferne und sie reiste viele Monate durch Asien. Schließlich begann sie zu schreiben und ist damit außerordentlich erfolgreich. Bis heute sind schon über fünfzig Bücher von Mary Pope Osborne erschienen. *Das magische Baumhaus* ist in den USA und in Deutschland eine der beliebtesten Kinderbuchreihen.

Jutta Knipping, geboren 1968, hat erst eine Ausbildung zur Druckvorlagenherstellerin absolviert, bevor sie in Münster Visuelle Kommunikation studierte. Schon während ihres Studiums hat sie erste Bücher illustriert. Mittlerweile ist sie freiberuflich als Grafikdesignerin und Illustratorin tätig. Jutta Knipping lebt mit ihrem Mann und zwei Kindern in der Nähe von Osnabrück und lässt sich von ihren Katern Leo und Micki gern bei der Arbeit zugucken.